KB104434

은혜와 원한을 넘어서

원제: 恩讐の彼方に

기쿠치 칸 지음   김영은 번역

창조와 지식

은혜와 원한을 넘어서

초판 1쇄 발행   2021년 5월 24일

지은이_ 기쿠치 칸
번역 - 김영은
펴낸이_ 김동명
펴낸곳_ 도서출판 창조와 지식
디자인_ (주)북모아
인쇄처_ (주)북모아

출판등록번호_ 제2018-000027호
주소_ 서울특별시 강북구 덕릉로 144
전화_ 1644-1814
팩스_ 02-2275-8577

ISBN 979-11-6003-315-1(03830)

정가 12,000원

이 책은 저작권법에 따라 보호받는 저작물이므로 무단 전재와 무단 복제를 금지하며,
이 책 내용을 이용하려면 반드시 저작권자와 도서출판 창조와 지식의 서면동의를 받아야 합니다.
잘못된 책은 구입처나 본사에서 바꾸어 드립니다.

은혜와 원한을 넘어서

(원제: 恩讐の彼方に)

은혜와 원한을 넘어서

기쿠치 칸(菊池 寬, 1888~ 1948)

일본 소설가, 극작가, 저널리스트이다. 기쿠치 히로시라고도 불린다.

1888년 가가와(香川)현 다카마쓰(高松)시에서 태어나 메이지 대학 법학부에 입학하지만 징병을 피하기 위해 중퇴한다.

다시 교토 대학 문학부에 입학해 1916년 동대학 졸업 후 '時事新報' 기자로 근무했다.

1916년 희곡 『옥상의 광인(屋上の狂人)』을 발표한 이후 주로 단편소설을 집필한다.

1918년 『무명작가의 일기(無名作家の日記)』를 『中央公論』에 발표하여 신진 작가의 위치를 확립했다.

1923년 『文藝春秋』를 창간하고 1928년 사장으로 취임하여 사업가로서 활약했다.

1935년 '아쿠타가와(芥川龍之介)상과 나오키(直木三十五)상을 설립하여 신인 작가의 발굴 및 육성에 공헌한다.

1943년 영화 회사 '大映'의 사장으로 취임하여 영화사에서도 다양한 활동을 했다.

대표작으로는 『아버지 돌아오다(父帰る)』, 『진주부인(真珠夫人)』 외 많은 단편들이 있다.

수많은 살생을 한 후 그 죄 값을 치루기 위해...
험준한 절벽에 길을 만들기 위해 반평생 몸을 바친 스님......
그리고 아버지를 죽인 원수인 스님을 찾으러 다니는 아들......
드디어 그들이 동굴 앞에서 만났다......
반평생 죄를 갚기 위해 살신성인으로 동굴을 뚫고 있는 스님....
아버지 원수를 찾기 위해 오랜 시간 방랑한 아들......
그러나!! 원수와 원수는 서로를 죽이기보다.....
많은 이들을 살리기 위해 망치를 든다....
이제 원수가 아닌 동료가 되어 동굴 뚫기에 전념한다......
이 두 사람은 현재의 우리들에게~~~~
용서에 대해~~~
삶의 방향성에 대해~~~~
질문을 던지고 있다.

은혜와 원한을 넘어서

(恩讐の彼方に)

기구지 칸
(菊池 寬)

은혜와 원한을 넘어서

이치쿠로 (市九郎)는 주인의 휘두르며 달려드는 칼을 피하지 못해 왼쪽 뺨과 턱 사이를 베였다. 가벼운 상처였지만 칼에 베이고 만 것이다.

설령 상대방이 먼저 유혹했다고는 하지만 주인의 애첩과 부도덕한 사랑을 한 자신의 치명적인 죄를 의식하고 있었다.

주인이 치켜드는 칼을 불가피한 형벌로 여기면서도 그 칼끝을 피하려고 했다. 물론 반항할 마음은 조금도 없었다.

그는 이러한 복잡한 심경 속에서도 다만 목숨을 잃는다는 것이 너무나 애석했기 때문에 가능한 죽음은 피하고 싶었다.

그래서 주인의 갑작스러운 공격을 받았을 때 마침 그 자리에 있던 촛대를 집어 들어 주인의 날카로운 칼을 막았다. 그러나 50세에 가까운 나이라고는 하지만 여전히 골격이 튼튼한 주인은 연이어 공격해 왔다. 이치쿠로는 그 칼에 맞서서 공격할 수 없는 슬픔에 빠져 있다가 그만 왼쪽 뺨에 상처를 입고 만 것이다.

그런데 일단 피를 보게 되자 이치쿠로의 마음은 즉시 바뀌었다. 그의 분별력은 투우사의 창을 맞은 소처럼 거칠어지고 말았다.

이왕 죽을 몸이라고 생각하니 그 때에는 세상도 보이지 않았고 주종관계의 의식도 사라졌다. 지금까지는 주인이라고 생각하고 있던 상대 남자가 오직 자기의 생명을 위협하려고 하는 하나의 동물 그것도 흉악한 동물로밖에 보이지 않았다.

그는 있는 힘을 다해서 공격했다.

그는 "아~!"하고 소리를 지르면서 가지고 있던 촛대를 상대방 얼굴을 향해 내던졌다.

그동안 방어만 하는 이치쿠로를 보면서 방심하고 있던 주인 사부로베에 (三朗兵衛)는 갑자기 날아온 촛대를 피하지 못했다. 촛대의 모서리가 그의 오른쪽 눈을 세게 쳤다.

이치쿠로는 상대방이 주춤거리는 사이에 작은 칼을 허리에서 뽑아

들고 재빨리 덤벼들었다.

"이놈 반항 하는 거냐?"

하고 사부로베에가 격노했다.

그러나 이치쿠로는 말없이 덤벼들었다.

1미터에 가까운 주인의 큰 칼과 이치쿠로의 작은 칼이 두서너 차례 격렬하게 부딪쳤다.

주인과 하인이 필사적으로 수십 차례 칼을 서로 부딪치는 동안에 주인의 칼끝이 낮은 천장에 두세 번 닿아 칼을 잡은 주인의 손이 칼을 놓치려고 했다.

이치쿠로는 그 틈을 파고들었다. 주인은 불리함을 깨닫고 행동이 자유로운 문밖으로 나가려고 두세 발짝 마루 쪽으로 뒷걸음치며 나갔다.

그 틈을 타서 이치쿠로가 다시 덤벼들려고 하자 주인은 초조한 듯 "에잇!"하고 내리쳤다. 하지만 너무 서두른 나머지 그 칼은 마루와 방 사이에 늘어져 있던 문지방에 두서너 치가량 박히고 말았다.

"아차! 큰일 났다!"

하고 사부로베에가 칼을 빼려고 하는 찰나에 이치쿠로는 달려들어 주인의 옆구리를 칼로 힘껏 내리쳤다.

상대방이 쓰러진 순간 이치쿠로는 제정신이 들었다. 이제까지 흥분해서 몽롱했던 의식이 겨우 가라앉자 그는 자기가 주인을 살해한 큰 죄를 저질렀다는 것을 알아차렸다.

후회와 공포 때문에 그는 거기에 주저앉고 말았다.

밤은 초경 (初更, 저녁7~9시 사이) 을 지나고 있었다.

안채와 행랑채가 멀리 떨어져 있었기 때문에 주인과 하인의 무서운 격투는 안채에 살고 있는 하녀들 외에는 아직 아무에게도 알려지지 않은 것 같다. 그 하녀들은 격렬한 격투에 너무 놀라서 단칸방에 모여 다만 몸을 덜덜 떨고 있을 뿐이었다.

이치쿠로는 깊은 후회에 사로잡혀 있었다. 탕아이며 무뢰한 젊은 무사이긴 하지만 아직 나쁜 짓이라고 할 만한 일은 저지르지 않았다. 하물며 8역 (8逆, 8가지 중죄) 중 첫째가는 주인을 살해한 대죄를 범하리라고는 전혀 생각지도 못한 일이었다.

그는 피 묻은 작은 칼을 고쳐 잡았다. 주인의 첩과 정분을 통한 것 때문에 처벌을 받으려다가 오히려 그 주인을 죽였다고 하는 사실은 아무리 생각해 봐도 잘한 일이 아니다.

그는 아직도 꿈틀거리고 있는 주인의 시체를 곁눈질로 보면서 조용히 자살할 각오를 굳히고 있었다.

그러자 그때 옆의 작은방에서 지금까지의 큰 압박에서 벗어난 듯한 목소리가 들렸다.

"휴~정말 어떻게 되는가 하고 얼마나 마음을 졸였던지……당신이 두 동강 난 다음에는 내 차례가 아닌가 하고 아까부터 병풍 뒤에서 숨죽이고 보고 있었어요. 그런데 정말로 잘 되었어요. 이렇게 된 이상 한시도 머뭇거릴 수 없어요. 있는 돈을 훔쳐 우리 도망가요. 아직 하인들은 눈치 채지 못한 것 같으니까. 도망가려면 지금 가야 돼요. 유모나 하녀들은 부엌 쪽에서 부들부들 떨고 있는 것 같으니 내가 가서 소란피우지 못하도록 하고 오겠어요. 자아~당신은 돈을 찾아줘요"

이렇게 말하는 목소리는 분명히 떨고 있었다. 그런데 그러한 떨림을 여성으로서의 강한 의지로 억제하면서 애써 태연함을 가장하고 있는 것 같았다.

그동안 완전히 의지를 상실한 이치쿠로였지만 여자의 목소리를 듣자 회생 한 듯이 활기를 되찾았다.

그는 자기의 의지로 움직인다기보다 여자의 의지에 의해서 움직이는 꼭두각시처럼 일어나서 방 안에 놓여 있는 오동나무 찻장에 손을 댔다. 그리고 새하얀 나뭇결에 피로 더럽혀진 손자국을 남기면서 서랍 여기저기를 뒤지기 시작했다.

그러나 주인의 첩인 오큐(お弓)가 돌아올 때까지 이치쿠로는 니슈긴(二朱銀, 에도시대 은화) 다섯 냥 꾸러미 한개만 찾았을 뿐이었다.

오큐는 부엌에서 돌아오더니 그 돈을 보고,

"그깟 푼돈을 어디에다 써요?"

라고 말하면서 이번에는 자신이 마구 서랍을 뒤졌다. 결국에는 갑옷 넣어둔 괘까지 뒤졌으나 동전 하나 나오지 않았다.

"소문난 구두쇠이니 병에라도 넣어서 땅속에 묻어 두었는지도 모르지"

하고 못마땅한 듯이 말하고는 돈이 될 만한 옷이랑 인롱(印籠, 허리에 차는 작은 상자)을 재빨리 보자기에 쌌다.

　이렇게 해서 간통한 남자와 여자가 아사쿠사(浅草) 다하라초(田原町)에 있는 하타모토(旗本, 쇼군의 직속 무사) 나카가와 사부로베에(中川三郎兵衛)의 집을 나온 것은 1774년 초가을이었다.

　그 집에는 당시 세 살인 사부로베에의 외아들인 지츠노스케(実之助)가 비명에 죽은 아버지의 죽음도 모른 채 유모 품에서 새근새근 잠들어 있을 뿐이였다.

2.

　이치쿠로와 오큐는 에도(江戸, 현재 도쿄)에서 도망쳐서 도카이도(東海道, 5개 주요도로 중 하나)는 일부러 피하며, 사람 눈에 띄지 않도록 도잔도(東山道, 5개 주요도로 중 하나로 주로 산길)를 따라 교토(京都)로 향했다.

　이치쿠로는 주인을 죽였다는 죄 때문에 끊임없이 양심의 가책을 받았다. 그러나 술집 하녀 출신으로 닳고 달아 빠진 뻔뻔한 여자 오큐는 이치쿠로가 조금이라도 침울한 모습을 보이면,

"이왕 전과자가 된 이상 아무리 속을 태운다 한들 아무 소용이 없잖아요. 베짱 좋게 이 세상을 재미있게 사는 게 상책이에요"
라고 말하며 이치쿠로에게 늘 악한 마음에 박차를 가하는 나쁜 말만 했다.

　한편, 신수(信州, 현재 나가노현)에서 기소(木曾, 나가노현 남쪽)의 야부하라(薮原)에 있는 여관까지 왔을 때에는 두 사람이 가진 돈이라고는 거의 남지 않았다.

　두 사람은 궁핍해지자 나쁜 짓을 저지르지 않을 수 없었다. 처음에는 남녀 조합으로서 가장 하기 쉬운 미인계를 썼다.

　그리하여 신슈에서 비슈(尾州, 현재 아이치현 서부)에 거쳐 여러 여관에 머무르면서 왕래하는 마을 사람들과 농부들의 돈을 빼앗았다.

　처음에는 여자의 적극적인 교사(教唆)로 나쁜 짓을 시작한 이치쿠로

도 결국에는 악행의 재미를 맛보기 시작했다. 피해자인 마을 사람이나 농부들은 돈을 **빼앗기면서도** 떠돌이 무사 행색을 한 이치쿠로에게 항의도 못하고 고분고분하게 말을 들었다.

점점 악행이 늘어난 이치쿠로는 미인계로 시작하더니 미인계 보다 좀 더 단순하면서 복잡하지 않는 공갈 협박을 하더니 결국에는 강도질을 정당한 가업으로조차 생각하게 되는 지경에 이르렀다.

그는 어느 덧 시나노(信濃, 현재 나가노현)에서 기소로 가는 도리이(鳥居) 고개에 자리를 잡았다. 그리고 낮에는 찻집을 열고 밤에는 강도짓을 했다.

그는 이제 이러한 생활에 아무런 주저함도 불안도 느끼지 않게 되었다. 돈이 있을 것 같은 여행자를 노리고 죽인 후 교묘하게 그 시체를 처리했다. 일 년에 서너 차례 그러한 죄를 저지르면 일 년의 생활비를 넉넉하게 유지할 수 있었다.

그들이 에도를 떠난 지 3년째 되는 어느 봄이었다.

참근교대(参勤交代, 다이묘들을 일정 기간 에도에 머무르게 한 제도)하는 북쪽지방의 다이묘들의 행렬이 두 번이나 지나갔기 때문에 기소 길가에 있는 여관들은 전에 없이 붐볐다.

특히 이 무렵은 신슈를 시작으로 에치고(越後, 현재 니가타현)와 엣츄(越中, 현재 도야마현)에서 이세신궁(伊勢神宮, 미에현에 있는 신사)에 참배하러 가는 손님이 길가에 줄이어 있었다. 그 중에는 교토에서 오사카로 유람 여행을 하려고 여행 일정을 연장하는 사람들도 많았다.

이치쿠로는 그들 중 두서너 명을 쓰러뜨리고 그해의 생활비를 벌려고 마음먹고 있었다.

기소 길가에 삼나무나 노송나무에 섞여서 핀 산 벚나무 꽃이 떨어지기 시작한 어느 석양이었다.

이치쿠로의 찻집에 남녀 두 사람 여행객이 들렀다. 남자는 30세가 넘은 듯했고 여자는 23에서 24세쯤 되어 보였다. 수행원 없이 가벼운 마음으로 여행 온 신슈의 돈 많은 농갓집 부부인 것 같았다.

이치쿠로는 두 사람의 옷차림을 보고 이 두 사람을 올해의 희생물로 삼아야겠다고 생각했다.

"이제 야부하라의 여관까지 얼마 남지 않았지?"

이렇게 말하면서 남자는 이치쿠로의 가게 앞에서 짚신 끈을 고쳐 매고 있었다.

이치쿠로가 미처 대답도 하기 전에 오큐가 부엌에서 나오면서,

"그럼요. 이제 이 고개를 내려가면 얼마 남지 않았어요. 좀 더 천천히 쉬었다 가세요."

하고 말했다.

이치쿠로는 오큐의 이 말을 듣자 오큐가 이미 무서운 계획을 자기에게 암시하고 있다는 것을 알았다.

야부하라의 여관까지는 아직도 2리(里)는 더 가야 하는데 얼마 남지 않았다고 말하며 여행자를 안심시켰다. 그리고 그들의 여정이 밤으로 접어드는 시간을 틈타서 샛길로 달려 숙소 입구에서 습격하는 것이 이치쿠로의 상투적인 수법이었다.

그 사나이는 오큐의 말을 듣자,

"그렇다면 차나 한잔 마실까?"

하고 말하면서 이미 그들의 첫 번째 덫에 걸리고 말았다.

여자는 빨간 끈이 달린 여행용 갓을 벗으면서 남편 옆에 앉았다. 그들은 30분 동안 고개를 넘어 온 피로를 풀고 초모쿠(鳥目, 구멍 뚫린 동전)로 계산하고 어둠이 내리기 시작한 오기소(小木曾)의 골짜기를 향해 도리이 고개를 내려갔다.

두 사람의 모습이 보이지 않게 되자 오큐는 기다렸다는 듯이 신호를 보냈다.

이치쿠로는 사냥감을 쫓는 사냥꾼처럼 작은 칼을 허리에 차고 쏜살같이 두 사람의 뒤를 쫓았다. 큰 길에서 오른쪽으로 돌아서 기소 강의 흐름을 따라 가파른 샛길을 서둘러 갔다.

이치쿠로가 야부하라의 여관 직전에 있는 가로수 길로 나왔을 때는 봄날의 긴 하루가 저물었을 때였다.

하늘에는 열흘 남짓한 달이 기소의 산 저편에서 희미하고도 하얗게 기소의 산들 위에서 떠오르고 있었다.

이치쿠로는 길가에 심어져 있는 한 그루 버드나무 아래에 몸을 숨기면서 부부가 다가오기를 기다리고 있었다.

그도 마음속으로는 행복한 여행을 하고 있는 두 남녀의 생명을 부당하게 빼앗는다는 것이 얼마나 큰 죄인가 하는 것을 생각하지 않은 것은 아니다. 그러나 일단 시작한 일을 그만두고 돌아갔을 때의 오큐의 반응을 생각하면 그것 또한 내키지 않은 일이었다.

그는 이 부부의 피를 흘리고 싶지 않았다. 가능한 상대방이 자기의 협박에 두말없이 복종해 주면 좋겠다고 생각했다. 만약에 그들이 노잣돈과 의복을 내놓는다면 결코 죽이지 않으리라고 마음먹었다.

그의 결심이 마침내 굳어졌을 무렵에 길 저편에서 급한 걸음으로 가까이 오는 남녀의 모습이 보였다.

두 사람은 고갯길이 생각보다 멀었기 때문에 피곤한 듯 서로 도와주면서 말없이 서둘러 왔다.

두 사람이 잎이 무성한 버드나무에 가까이 오자 이치쿠로는 재빨리 길가 중앙에 섰다. 그리고 지금까지 수차례 말하면서 익숙해진 협박의 말들을 퍼부었다.

그러자 남자는 필사적으로 작은 칼을 빼어 아내를 엄호하면서 자세를 취했다.

약간 기대가 빗나간 이치쿠로는 소리를 가다듬어,

"이봐 여행자! 반항하면 목숨을 잃는다. 목숨까지 빼앗으려는 것은 아니니 가진 돈과 의복을 얌전하게 놓고 가라!"

하고 외쳤다.

상대방 남자가 이치쿠로를 빤히 쳐다보고 있다가

"아니 너는 아까 그 고개에 있던 찻집 주인이 아닌가?"

하면서 필사적으로 달려들었다.

이치쿠로는 여기까지라고 생각했다. 자기의 얼굴을 안 이상 자신들의 안전을 위해 이제 이 남녀를 살려둘 수 없다고 생각했다.

상대방이 필사적으로 칼로 베려고 하는 것을 능숙하게 피하면서 상대방의 목덜미에 칼을 내리쳤다. 보아하니 일행인 여자는 넋이 나간 듯 길바닥에 쪼그리고 앉아서 벌벌 떨고 있었다.

이치쿠로는 여자는 차마 죽일 수가 없었다. 그러나 자기의 위급함과는 바꿀 수가 없었기 때문에 남자를 죽인 김에 여자도 죽이기 위해 살기등등한 피 묻은 칼을 높이 쳐들고 여자에게로 다가갔다.

여자는 두 손을 모으며 이치쿠로에게 목숨을 살려달라고 했다. 이치쿠로는 그녀의 눈동자를 보자 칼을 내리칠 수가 없었다. 하지만 죽이지 않으면 안 된다.

이치쿠로는 이 여자를 칼로 베어 여자의 의복을 못 쓰게 만들어서는 안 되겠다고 생각했다. 그런 생각이 들자 그는 허리에 차고 있던 수건으로 여자의 목을 졸랐다.

이치쿠로는 두 사람을 죽이자 갑자기 사람을 죽였다는 공포가 몰려와서 그곳에 한 시라도 있을 수가 없었다.

그는 두 사람의 전대와 옷을 빼앗아 황급히 그 자리에서 도망쳤다. 이제까지 10여명 넘는 사람을 죽였지만 그들은 반백 노인이라든가 상인 같은 부류의 사람들이었다. 그러나 젊은 부부인 두 사람 모두를 자기 손으로 죽인 적은 없었다.

그는 양심의 가책에 깊이 사로잡혀 집으로 돌아왔다. 그리고 집으로 들어오자마자 이내 남녀의 옷과 돈을 더러운 물건이나 된 것처럼 오큐 쪽으로 던져주었다.

여자는 태연하게 전대를 살펴보았다. 돈은 생각한 것보다 적어서 스무 냥 조금 넘는 돈이었다.

오큐는 죽은 여자의 옷을 손에 들고,

"어머 기하치조(黃八丈, 노란 바탕에 줄무늬를 놓은 비단)의 옷감에 몬치리멘(紋縮緬, 비단 옷감의 종류)으로 만든 속옷이잖아. 그런데 여보, 그 여자의 머리에 꽂은 것은 어떻게 했어?"

하고 그녀는 따지듯이 이치쿠로를 돌아보며 물었다.

"머리에 꽂은 것?"

하고 이치쿠로는 건성으로 대답했다.

"그래요. 머리에 꽂은 것, 기하치조에 몬치리멘 차림새라면 가짜 빗이나 비녀는 아닐 거 아녜요? 아까 그 여자가 삿갓을 벗을 때 내가 힐끗 봤거든. 바다거북 등딱지로 만든 것이 틀림없었다니까."

하고 오큐는 윽박지르듯이 말했다.

죽은 여자의 머리에 꽂힌 것 따위는 꿈에도 생각하지 못한 이치쿠로는 뭐라고 대답해야 좋을지 몰랐다.

"여보 설마 가져오는 걸 잊은 것은 아니겠죠? 바다거북 등딱지로 만든 것이라면 7냥이나 8냥은 확실해요. 초보 도둑도 아니면서 도대체 뭣 때문에 살생을 하는 거죠? 그만한 옷차림을 한 여자를 죽이면서도 머리에 꽂힌 것을 알아차리지 못하다니. 당신 언제부터 도둑질을 한 거예요? 이런 터무니없는 실수를 하다니. 아니 뭐라고 말 좀 해 봐요.”

하고 오큐는 위세가 등등하여 이치쿠로에게 덤벼들었다.

두 젊은 남녀를 죽였다는 후회가 마음속 깊은 곳까지 밀려오고 있던 이치쿠로는 여자가 하는 말에 깊은 상처를 받았다.

그는 머리의 꽂은 장식물을 가져오지 않았다는 도둑으로서의 실책, 혹은 무능함을 후회할 마음이 조금도 없었다.

두 사람을 죽인 것이 나쁘다고 생각했기 때문에 죽이는 일에 마음이 뺏겨 여자가 그 머리에 10냥에 가까운 장식을 하고 있었다는 것을 전혀 모르고 있었던 것이다.

이치쿠로는 지금도 그 장식품을 잊고 있었다는 것을 후회하는 마음 따위는 생기지 않았다. 강도로 전락해서 사리사욕 때문에 사람을 죽이고는 있지만 악귀처럼 상대방의 뼈까지는 핥지 않았다고 생각하면 기분이 나쁘지만은 않았다.

그럼에도 불구하고 오큐는 자신과 같은 여성이 무참히 살해되고 살육자에게 바치는 공물로서 그녀가 입고 있던 속옷까지 눈앞에 놓여져 있는 것을 보면서도 만족하지 못하고 욕심을 부리고 있는 것이다.

악인인 이치쿠로의 눈에는 들어오지 않았던 머리의 장식품에까지 그녀의 욕심이 미치고 있다고 생각하니 이치쿠로는 오큐에 대해 참을 수 없는 비열함을 느꼈다.

오큐는 이치쿠로의 마음속에 이러한 격변이 일어나고 있는 줄도 모르고,

“자! 여보 한걸음에 다시 다녀와요. 모처럼 수중에 들어온 것을 포기할 이유가 없잖아요?”

하고 자기 말이 충분히 이치에 맞는 것처럼 의기양양한 표정을 지었다.

그러나 이치쿠로는 묵묵부답으로 대답하지 않았다.

“어머 당신이 한 일에 대해 뭐라고 해서 비위에 거슬린 모양이군요.

당신 정말 갈 생각이 없는 거예요? 10냥에 가까운 횡재를 빤히 쳐다보다가 놓칠 생각이에요?"

하고 오큐는 몇 번이고 이치쿠로를 몰아세웠다.

평소 같았으면 오큐가 하는 말을 고분고분 듣던 이치쿠로였지만, 지금의 그의 마음은 격렬한 소용돌이 속에 있어서 오큐의 말 따위는 귀에 들어오지 않을 만큼 생각에 잠겼다.

"아무리 말해도 가지 않을 작정이군요. 그렇다면 내가 한걸음에 다녀오겠어요. 장소가 어디에요? 역시 늘 하던 곳이에요?"

하고 오큐가 말했다.

오큐에 대해서 참을 수 없는 혐오를 느끼기 시작한 이치쿠로는 오큐가 한시라도 빨리 자기 곁에서 사라지는 것이 기뻤다.

"뻔하지. 항상 하던 곳, 야부하라 숙소 미처 못 간 소나무 가로수길이지"

하고 이치쿠로는 내뱉듯이 말했다.

"그럼 뛰어갔다 올게요. 다행히 달밤이라 바깥도 환하니……정말 이런 어리석은 짓을 하다니 기가 막혀서"

하고 말하면서 오큐는 옷자락을 걷어 올리고 짚신을 신더니 뛰어나갔다.

이치쿠로는 오큐의 뒷모습을 보고 있자니 한심한 생각이 마음에 가득 찼다.

죽은 사람의 머리의 장식품을 벗기기 위해서 혈안이 되어 뛰어 나가는 여자의 모습을 보니, 저런 여자에게 한때 애정을 갖고 있었다는 사실에 마음속 깊은 곳에서부터 한심한 생각이 한없이 들었다.

그동안 자기가 나쁜 짓을 하고 있을 때에도, 무참하게 사람을 죽이고 있을 때에도, 돈을 훔치고 있을 때에도, 자기가 하고 있는 짓을 항상 이상한 변명으로 대신하면서 한심하다는 생각은 하지 못했었다.

그런데 일단 사람이 죄를 짓는 것을 방관하며 조용히 바라보자 그 두려움과 한심함이 뚜렷하게 이치쿠로의 눈에 비치는 것이었다.

자기가 목숨을 걸고 얻은 여자가 고작 5냥인지 10냥인지 하는 바다거북 등딱지 장식품 때문에 여성의 상냥함을 모두 버리고 시체에 달라붙는 늑대처럼 살해된 여자의 시체를 찾아 뛰어갔다.

이치쿠로는 이제 더 이상 이 죄악의 집에 그런 여자와 한시도 같이 있고 싶지 않았다.

이런 생각이 들자 자기가 지금까지 저지른 죄악이 하나하나 되살아나면서 자기의 마음을 찢었다.

목 졸라 죽인 여자의 눈동자, 피투성이가 된 누에고치 상인의 신음 소리, 한 칼에 베어버린 백발노인의 비명 등이 한 덩어리가 되어 이치쿠로의 양심에 덮쳐왔다.

그는 한시라도 빨리 자신의 과거로부터 도망가고 싶었다. 그는 자기 자신으로부터도 벗어나고 싶었다. 하물며 자기의 모든 죄악의 씨앗이었던 그 여자로부터 있는 힘껏 벗어나고 싶었다.

그는 결심하고 일어섰다.

그는 두서너 벌의 옷을 보자기에 쌌다.

아까 남자에게서 빼앗은 전대를 당장의 노잣돈으로 삼아 품에 넣고 별 준비도 하지 않고 문 밖으로 뛰쳐나갔다.

그렇지만 10미터 가량 달리다가 문득 자기가 갖고 있는 돈과 의복도 모두 훔친 것이라는 것을 깨닫고는 튀어 오르듯이 집으로 다시 돌아가 집 마루 귀퉁이에 옷과 돈을 있는 힘껏 내던졌다.

그는 오큐와 만나지 않도록 길이 아닌 길을 골라 기소 강가를 따라서 쏜살같이 달렸다.

어디로 간다는 목적지도 없었다. 그저 자기가 저지른 죄악의 근거지로부터 일 분 일 초라도 먼 곳으로 도망가고 싶을 뿐이었다.

3.

20리(里)가 넘는 길을 이치쿠로는 산과 들 할 것 없이 있는 힘껏 달렸다. 이튿날 오후 미노(美濃, 현재 기후현)의 오가키(大垣)에 있는 조간지(淨願寺) 로 뛰어 들어 갔다.

그는 처음부터 이 절을 목표로 하고 온 것은 아니었다. 그가 도망가던 중에 우연히 이 절 앞을 지나는 순간 그의 혼란스러운 참회의 마음에 문득 종교적인 광명에 매달리고 싶은 생각이 든 것이다.

조간지는 미노 지역의 진언종(眞言宗)의 승록(僧錄, 승려에 관한 모든 일을 기록하는 일이나 그런 사람)이었다.

　이치쿠로는 그 곳 주지스님의 소매를 붙잡고 매달려 참회를 했다. 역시 큰 스님은 큰 스님답게 이 극악무도한 그를 버리지 않았다. 이치쿠로가 관청으로 가서 자수하려는 것을 말렸다.

　"수많은 악업을 저지른 그대이기 때문에 관리의 손에 의해 옥문에 매달려 현재의 업보를 받는 것도 한 가지 방법이지만, 그렇게 되면 미래 영원히 뜨거운 불의 지옥에서 고난을 받지 않으면 안 된다. 그것보다는 불도에 귀의하여 중생제도를 위하여 몸과 마음을 바쳐 사람들을 구함과 동시에 자기 자신을 구하는 것이 중요하다."

라고 하며 그를 교화시켰다.

　이치쿠로는 큰 스님의 말을 듣고 새삼 참회의 불길에 마음이 녹아 당장 출가의 뜻을 정했다.

　그는 큰 스님의 이끄심으로 득도하여 료카이(了解)라는 법명을 얻어 오로지 불도 수행에만 정진했다.

　그는 불도를 받드는 강한 마음으로 반년도 채 되지 않은 수행임에도 불구하고 그의 행업(行業, 불도의 수행)은 얼음과 서리보다 맑았다.

　아침에는 삼밀(三密 : 身密, 口密, 意密)의 행법에 전념하고 저녁에는 비밀염불((祕密念佛)의 자리를 떠나지 않았다. 이행(二行, 見行과 愛行)을 홀연히 깨닫고 진리를 깨닫는 지혜가 그의 마음에 새겨져 훌륭한 지식이 되었다.

　그는 자신의 도심(道心)이 정해져서 더 이상 흔들리지 않는다는 것을 자각하고 스승의 허락을 받아 중생 구제의 큰 뜻을 품고 전국으로 운수(雲水, 탁발하는 승려)의 여행을 떠났다.

　미노 지방을 뒤로 하고 먼저 교토 쪽으로 향했다.

　그는 아무리 승려의 모습을 하고 있어도 여러 사람을 죽인 자신이 현재까지 살고 있다는 사실이 괴로웠다.

　다른 사람들을 위해 몸을 가루로 만들어서라도 자기 죄악의 만분의 일이라도 갚고 싶었다. 특히 자기가 기소 산중에서 행인들을 괴롭혔던 일이 떠오를 때면 길에서 만나는 사람들에게 갚을 수 없는 부담

감을 갖게 되었다.

길을 갈 때나 누워 있을 때나 남을 생각하지 않을 수가 없었다. 길에서 곤란에 처한 사람을 보면 그는 손을 잡아 주고 허리를 밀면서 그가 갈 수 있도록 도왔다.

병으로 고통 받는 노인이나 어린아이를 업고 몇 리나 되는 길을 마다 않고 간 적도 있었다. 큰 길에서 떨어져 있는 마을의 다리가 파손되어 있을 때에도 그는 산에 가서 나무를 베어 돌과 같이 가져와서 직접 다리를 고쳤다. 무너진 길을 보면 흙을 파서 가져와 고쳤다.

이렇게 해서 기내(畿内, 교토 주변)에서 주코쿠(中国, 중서부 지역)에 이르기까지 오로지 선행을 베푸는 데에 전념했다.

하지만 몸에 쌓인 죄는 하늘보다 높고 쌓은 선행은 땅보다 낮다고 생각하니 새삼 그가 지은 악업의 깊이가 너무 깊어서 슬펐다.

이치쿠로는 사소한 선행으로는 그의 악행이 사라지지 않는다는 것을 알고 침울해졌다.

숙소에서 잠에서 깨어날 때면 자신이 하찮은 보상을 하면서 여전히 삶을 살고 있다는 사실이 아무 소용없는 것처럼 느껴져서 죽고 싶은 생각이 들 때도 있었다. 하지만 그럴 때마다 포기 하지 않고 용기를 내어 중생 구제의 대업을 이룰 기회가 오기를 기원했다.

1724년 가을이었다.

그는 아카마가세키(赤間關, 현재 시모노세키)에서 고쿠라(小倉)로 건너가 부젠(豊前, 현재 오이타현)의 우사하치만궁(宇佐八幡宮)을 참배하고, 야마쿠니(山国, 현재 오이타현) 강가를 거슬러 올라가 라칸지(羅漢寺)에 참배하기 위해 욧카이치(四日市)에서 남쪽으로 적토로 뒤덮인 넓은 들판을 지나 야마쿠니 강의 계곡을 따라 걸어갔다.

츠쿠시(筑紫, 현재 규슈)의 가을은 길가의 숙소에도 찾아 들었다.

잡목 숲은 빨갛게 물들었고 들에는 벼가 노랗게 익었으며 농가의 처마에는 그 지방 명물인 감이 빨간 구슬처럼 매달려 있었다.

8월에 접어든 지 얼마 되지 않은 어느 날이었다.

그는 가을날 맑고 차갑게 흐르는 아침 해가 밝게 비추는 야마쿠니 강을 바라보면서 미츠구치(三口)에서 붓사카(仏坂)의 산길을 넘어서 정오 무렵에 히다(樋田)역참에 도착했다.

쓸쓸한 역참에서 점심 공양을 한 후 다시 야마쿠니 계곡을 따라서 남쪽으로 향했다.

히다 역참을 벗어나자 길은 다시 야마쿠니 강을 따라 화산암 강가를 따라 뻗어 있었다.

이치쿠로가 걷기 힘든 울퉁불퉁한 자갈길을 지팡이에 의지하며 걷고 있을 때, 문득 길가 근처에서 농부로 보이는 너덧 명의 사람들이 말하는 것이 보였다.

이치쿠로가 가까이 가자 그 중 한 사람이 재빨리 그의 모습을 보고,

"마침 잘 오셨소. 비명횡사한 불쌍한 망자요. 지나가는 인연으로 염불 좀 해 주시오."

하고 말했다.

비명횡사라는 말을 듣자 흉적에게 당한 여행객의 시체가 아닌가 하는 생각이 들어 이치쿠로는 지난날의 자신의 악행이 생각났다. 그 순간 솟아오르는 회한의 심정으로 두 다리가 움츠려 드는 것을 느꼈다.

"보아하니 물에 빠져 죽은 사람 같은데, 군데군데 살점이 찢겨진 것은 어찌 된 일이요?"

하고 두려워하면서 물어보았다.

"스님은 여행을 하는 사람이라 잘 모르는 것 같은데, 이 강가를 50미터 쯤 올라가면 구사리와타시(鎖渡し)라는 험한 곳이 있소. 야마쿠니 골짜기에서도 가장 험한 곳으로 남북을 왕래하는 사람과 말이 모두 힘들어 하는 곳이요. 이 사나이는 강 상류의 가키사카 마을에 사는 마부인데, 오늘 아침 구사리와타시를 가다가 말이 날 뛰는 바람에 15미터 가까운 곳에 거꾸로 떨어져서 보다시피 처참하게 죽은 것이요."

라고 그 중 한 사람이 말했다.

"구사리와타시라고 하면 예전부터 험준한 곳이라고 들었는데 이런 일이 자주 일어납니까?"

하고 이치쿠로는 시체를 보고 충격을 받은 듯 물었다.

"1년에 서너 명, 많을 때에는 열 명이나 뜻밖의 사고를 당하는 일이 있지요. 너무 힘든 난관이라서 비바람으로 사다리가 부서졌는데도 고칠 엄두도 못 냅니다."

하고 대답하면서 농부들은 시신을 옮기기 시작했다.

이치쿠로는 이 불행한 조난자에게 염불을 해 준 후 걸음을 재촉하여 구사리와타시로 급히 갔다.

거기까지는 100미터도 채 안 되었다. 자세히 보니 강 왼쪽에 솟은 거칠게 깎은 듯한 산이 야마쿠니 강과 만난 곳에서 30미터 가까운 절벽을 이루고 서 있었다. 거기에 회백색의 들쑥날쑥한 표면을 노출시키고 있었다.

야마쿠니 강물은 그 절벽에 빨려 들어가듯이 흘러 절벽아랫자락을 씻으면서 짙은 녹색을 띠고 소용돌이치고 있었다.

마을 사람들이 구사리와타시라고 부른 곳이 바로 여기일거라고 이치쿠로는 생각했다.

길은 절벽으로 인해 끊어졌고 그 절벽의 중턱에 소나무와 삼나무 등으로 만든 통나무를 사슬로 엮은 사다리가 위태롭게 걸려 있었다. 연약한 부녀자가 아니더라도 아래로 15미터가 넘는 수면을 보고 머리를 짓누르는 30미터에 가까운 절벽을 올려다 볼 때면 혼이 나갈 만도 하다.

이치쿠로는 암벽에 매달리듯 하면서 떨리는 다리로 간신히 버티면서 구사리와타시를 건넌 후 그 절벽을 돌아 본 순간, 그의 가슴속에 별안간 커다란 소원이 불쑥 솟아났다.

그동안 쌓아야 할 속죄가 너무 작다고 생각했던 그였기에 자신이 용기 내어 정진해야 할 일을 시험해 볼 아주 어려운 일을 만나게 해 달라고 기원하고 있었다.

그런데 지금 눈앞에서 행인이 어려움을 당하고 1년에 10명에 가까운 목숨을 빼앗아 가는 그곳을 보았을 때, 그는 자기 몸과 마음을 바쳐서 이 난관을 없애야겠다는 결심이 솟구쳐 생긴 것도 무리가 아니었다. 400여 미터가 넘는 절벽을 파서 길을 뚫겠다는 무모할 만큼의 소망이 그의 마음에 생긴 것이다.

이치쿠로는 자신이 찾아 헤매던 것을 마침내 이곳에서 발견했다고 생각했다.

1년에 열 명을 구한다면 10년에는 백 명, 백년, 천년이 흐르는 동안에 수 만 명의 목숨을 구할 수 있다고 생각한 것이다.

이렇게 결심 하자 그는 곧바로 실행에 착수했다.

그 날부터 라칸지에 머무르면서 야마구치 강가 마을 사람들을 찾아다니며 절벽을 뚫어 길을 내겠다는 계획을 말하며 이 일에 돈을 보태 주기를 요청했다.

그러나 어느 누구도 이 떠돌이 중의 말에 귀를 기울이는 사람은 없었다.

"300여 미터나 되는 거대한 반석을 뚫겠다니 정신 나간 사람이군. 하하하~~"

하고 웃는 사람은 그나마 나은 편이었다.

"사기꾼이야. 바늘구멍으로 하늘을 본다고 하는 듯한 말로 돈을 챙기려는 사기꾼이야."

하고 그 중에는 이치쿠로의 설득에 박해하는 사람도 있었다.

이치쿠로는 열흘 동안 모금에 애썼지만 어느 누구 하나 귀를 기울이는 사람이 없다는 것을 알자 혼자서 이 큰일에 착수할 결심을 했다.

그는 석공이 사용하는 망치와 끌을 구해 거대한 절벽 앞에 섰다. 그것은 일종의 만화와 같은 것이었다. 아무리 깎기 쉬운 화산암이라고는 하지만 강을 누르고 솟아난 거대한 절벽을 이치쿠로 혼자의 힘으로 뚫으려고 하기 때문이다.

"드디어 미쳤군."

하고 행인들은 이치쿠로의 모습을 보며 비웃었다.

그러나 이치쿠로는 굴하지 않았다. 야마쿠니 강의 맑은 물에 목욕을 하고 관세음보살을 기원하면서 혼신의 힘을 다해 첫 번째 망치를 내리쳤다.

그때 고작 두서너 조각의 파편이 흩어졌을 뿐이다. 하지만 다시 힘을 다해 두 번째 망치를 내리쳤다. 이번에도 두 세 개의 파편만이 거대하고 무한한 큰 바위덩어리에서 떨어져 나갈 뿐이었다.

세 번, 네 번, 다섯 번, 이치쿠로는 망치를 내리쳤다.

공복을 느끼면 근처 마을에 가서 탁발을 하고 배가 부르면 절벽을 행해 망치를 내리쳤다.

나태한 마음이 생기면 오직 진언(眞言)을 외우면서 용맹심을 불러일

으켰다.

 하루, 이틀, 사흘...... 이치쿠로의 노력은 끊임없이 이어졌다.

 여행자들은 그 옆을 지나갈 때마다 비웃었다.

 그러나 이치쿠로의 마음은 그 때문에 지체하는 일은 없었다. 비웃는 소리가 들리면 그는 망치를 든 손에 힘을 더 주었다.

 이윽고 이치쿠로는 비와 이슬을 피하기 위해 절벽 가까운 곳에 오두막을 지었다.

 아침은 야마쿠니 강 위에 별빛이 비칠 무렵에 일어나고, 저녁에는 물 흐르는 소리가 조용한 천지에서 맑게 들릴 때까지 망치질을 멈추지 않았다.

 지나가는 사람들은 여전히 조소의 말을 그치지 않았다.

 "제 분수를 모르는 바보로군."

 하고 사람들은 이치쿠로의 노력을 안중에도 두지 않았다.

 하지만 이치쿠로는 일사분란하게 망치를 내리쳤다. 망치를 내리칠 때면 그의 마음에는 아무런 잡념도 생기지 않았다. 사람을 죽인 회환도 거기에는 없었다. 극락에서 태어나려는 간절함도 없었다. 오직 거기에는 맑은 정진의 마음만이 있을 뿐이었다.

 그는 출가 한 이후 밤마다 잠이 깨어 자기를 괴롭히는 자신의 악행의 기억이 조금씩 희미해져 가는 것을 느꼈다. 그는 더욱 더 용기를 내어 망치를 내리치는 데에 전념했다.

 새해가 되었다. 봄이 오고 여름이 오고 벌써 일 년이 지났다.

 이치쿠로의 노력은 헛되지 않았다. 대절벽 한쪽에 깊이 3미터에 가까운 동굴이 뚫려 있었다. 그것은 아주 작은 동굴이었지만 이치쿠로의 강한 의지로 최초의 손톱 자리를 그곳에 분명히 남긴 것이다.

 그러나 근처 사람들은 또 다시 이치쿠로를 비웃었다.

 "저것 봐 미친 중이 저만큼 팠어. 일 년 동안 발버둥 치면서 겨우 저 정도 팠어......"

하고 비웃었다.

 하지만 이치쿠로는 자신이 판 구멍을 보니 눈물이 날 정도로 기뻤다. 그것은 아무리 얕게 팠다고 해도 자기가 정진한 끝에 나타난 결과가 틀림없기 때문이다.

이치쿠로는 해를 거듭하면서 더욱 더 용기를 냈다.

밤에는 칠흑 같은 어둠 속에서, 낮에는 어두운 동굴 안에 단정히 앉아서 오직 오른팔을 미친 듯이 내리치고 있었다.

이치쿠로에게는 오른팔을 내리치는 것만이 그의 종교적인 생활의 전부가 되고 말았다.

동굴 밖에는 해가 빛나고 달이 뜨고 비가 오고 폭풍우가 몰아쳤다. 그러나 동굴 안에는 오직 그치지 않는 망치 소리만이 있었다.

2년이 끝날 무렵에도 마을 사람들의 비웃음은 멈추지 않았다. 그러나 그것은 이제 소리로는 나오지 않고, 다만 이치쿠로의 모습을 보고 얼굴을 맞대고 서로 웃을 뿐이었다.

또 다시 일 년이 지났다.

이치쿠로의 망치 소리는 야마쿠니 강의 물소리와 같이 끊임없이 울리고 있었다.

마을 사람들은 이제 아무 말도 하지 않았다. 그들의 조소의 표정은 어느새 경이로움으로 변하고 있었다.

이치쿠로의 빗질 하지 않은 머리는 어느 틈에 자라서 두 어깨를 덮었고 씻지 않아서 때가 낀 몰골은 도저히 인간으로 보이지 않았다. 하지만 그는 자기가 판 동굴 안에서 짐승처럼 꿈틀거리면서 미친 듯이 망치질을 계속했다.

마을 사람들의 놀라움은 어느 틈엔가 동정으로 변했다.

이치쿠로가 잠시 틈 내서 탁발 행각에 나서려고 하면 동굴 밖 출구에 생각지도 않은 한 그릇의 식사를 발견하는 일이 많아졌다.

이치쿠로는 그 덕분에 탁발에 들이는 시간을 절벽으로 향할 수가 있었다.

4년째 끝자락의 어느 날이었다.

이치쿠로가 판 동굴은 이미 15미터의 깊이에 도달하고 있었다. 그러나 300미터가 넘는 절벽에 비하면 어림도 없었다.

마을 사람들은 이치쿠로의 열심에는 놀랐지만 아직은 뻔히 보이는 헛수고에 협력할 사람은 한 사람도 없었다.

이치쿠로는 오직 혼자서 그 노력을 계속하지 않으면 안 되었다. 하지만 이제 동굴을 파는 일에 삼매경에 빠진 이치쿠로는 오직 망치를 내리치는 일 외에는 아무런 잡념이 없었다. 오직 두더지처럼 목숨이 있는 한 동굴을 파는 일 외에는 다른 어떠한 생각도 하지 않았다.

그는 혼자서 침착하게 파갔다. 동굴 밖에는 봄이 가고 가을이 오고 사계절의 풍물이 바뀌었지만 동굴 안에서는 끊임없는 망치 소리만이 울렸다.

"불쌍한 스님이야. 미친 것 같아. 저 큰 절벽을 파가다니. 10분의 1도 다 파지 못하고 제 목숨이 끝날 것을"

하고 지나가는 사람들은 이치쿠로의 헛된 노력을 슬퍼하기 시작했다.

1년이 지나고 2년이 지나 9년째가 거의 끝나갈 무렵, 구멍 입구에서 구석까지 길이가 40미터 정도 되는 곳까지 팠다.

히다 마을 사람들은 처음으로 이치쿠로가 하는 일의 가능성을 깨닫기 시작했다.

한 사람의 거지 중이 9년 동안 자기의 힘으로 그 정도나 팠다고 한다면, 사람 수를 늘려서 시간을 들이면 이 거대한 절벽을 파서 뚫는 것도 반드시 불가능한 일은 아닐 거라는 생각이 마을 사람들의 가슴 속에 싹트기 시작한 것이다.

9년 전 이치쿠로의 권유를 모두 모른 척 한 야마쿠니 강가 7개 마을 사람들이 이번에는 자발적으로 절벽을 뚫는 일을 도왔다.

몇 명의 석공이 이치쿠로의 일을 돕기 위해 고용되었다.

이제 이치쿠로는 고독하지 않았다. 암벽에 내리치는 다수의 망치 소리는 힘차고 떠들썩하게 동굴 안에서 새어 나오기 시작했다.

그런데 다음해가 되어 마을 사람들이 공사의 진행을 살펴보더니 아직 절벽의 4분의 1도 미치지 못한 것을 알고는 다시 낙담하여 마을 사람들은 의혹의 소리를 냈다.

"사람을 늘려도 도저히 이룰 수 없는 일이야. 료카이에 속아 넘어가서 쓸데없는 짓을 했어."

하고 그들은 진척되지 않는 공사에 어느새 질려있었다.

이치쿠로는 다시 혼자 남겨졌다.

그는 자기 옆에서 망치를 내리치는 자가 한 명 줄고 두 명 줄더니 결국에 한 명도 없다는 것을 알았다.

하지만 그는 결코 떠나는 사람을 붙잡지 않았다. 묵묵히 자기 혼자서 그 망치를 내리칠 뿐이었다.

이치쿠로에 대한 마을 사람들의 관심은 완전히 사라졌다.

동굴을 깊이 파면 팔수록 그 깊은 곳에서 내리치는 이치쿠로의 모습도 행인들의 눈에서 멀어져갔다.

사람들은 어둠에 묻힌 동굴 안을 보면서

"료카이 씨는 아직도 하고 있는 건가?"하고 의심했다.

하지만 그런 관심도 결국에는 점점 사라지고 이치쿠로의 존재는 마을 사람들의 생각에서 자주 소실되었다.

그러나 이치쿠로의 존재가 마을 사람들 의식에 없는 것처럼 마을 사람들 존재 역시 이치쿠로에게도 없었다. 그에게는 다만 눈앞의 거대한 암벽만이 존재할 뿐이었다.

이치쿠로가 동굴 속에서 보낸 지 벌써 10여 년 동안 어둡고도 차가운 돌 위에 계속 앉아 있었기 때문에, 얼굴색은 창백하고 두 눈은 움푹 들어가고 살이 빠져 뼈가 드러나서 도저히 이 세상에 사는 사람으로는 보이지 않았다.

하지만 이치쿠로의 마음에는 물러설 수 없는 용맹심이 자꾸만 불타올라 오직 절벽을 뚫는 일념 외에는 아무것도 없었다. 일 분 일 초라도 암벽을 깎아낼 때마다 그는 환희의 소리를 질렀다.

이치쿠로는 오직 혼자 남겨진 채로 다시 3년이 지났다.

그러자 마을 사람들의 관심이 다시 이치쿠로에게로 돌아오기 시작했다. 그들이 호기심으로 동굴의 깊이를 재어보니 120미터였고, 강에 인접한 암벽에는 채광창이 하나 뚫려 있어 이 거대한 암벽의 3분의 1 대부분이 이치쿠로의 야윈 팔에 의해 뚫렸다는 것을 알았다.

그들은 다시 경이로운 눈으로 바라보았다. 그들은 과거의 자신들의 무지를 부끄러워했다. 이치쿠로에 대한 존경심이 다시 그들의 마음에 생기기 시작했다.

이윽고 같이 일할 10명에 가까운 석공의 망치소리가 이치쿠로의 망치소리와 조화를 이루었다.

또 다시 1년이 지났다.

1년이란 세월이 흐르는 동안에 마을 사람들은 언제부터인지 앞으로 계속 들어갈 비용을 아까워하기 시작했다.

석공들은 어느새 한 사람 줄고 두 사람 줄어 결국에는 이치쿠로의 망치 소리만이 동굴의 어둠 속을 울리고 있었다.

하지만 사람이 곁에 있으나 없으나 이치쿠로의 망치 소리의 힘은 변하지 않았다. 그는 다만 기계처럼 혼신의 힘을 다해 망치를 내리쳤다.

그는 자기 자신조차도 잊고 있었다. 주인을 죽인 일도, 강도짓을 한 것도, 사람을 죽인 것도 모두 그의 기억 속에서 사라져 갔다.

1년이 지나고 2년이 지났다.

오직 일념으로 일하는 그의 야윈 팔은 쇠처럼 꺾이지 않았다.

이제 18년이 되었다.

그는 어느 틈에 암벽의 2분의 1을 파고 있었다.

마을 사람들은 이 놀라운 기적을 보자 이제 더 이상 이치쿠로가 하는 일을 조금도 의심하지 않았다. 그들은 두 차례나 태만했던 이전의 행동들을 마음속 깊이 부끄러워했고, 일곱 마을 사람들은 힘을 합해 최선을 다해 이치쿠로를 돕기 시작했다.

그해 나카즈번(中津藩, 현재 오이타현 북부)에서 순시 온 관리가 이치쿠로에 대해 칭찬했다.

인근 마을에서 30명에 가까운 석공이 모였다. 공사는 마른 잎을 태우는 불처럼 진행되었다.

사람들은 쇠잔한 모습이 안쓰러워서 이치쿠로에게,

"이제 스님은 석공들에게 명령만 하세요. 직접 망치질을 하지 마세요."

라고 권했지만 이치쿠로는 단호하게 거절했다.

그는 망치를 쥔 채 쓰러지리라고 결심한 듯 보였다. 그는 30명의 석공이 곁에서 일하는 것도 모르는 것처럼, 잠도 음식도 잊은 채 온 힘을 다하는 모습은 예전과 조금도 변하지 않았다.

하지만 사람들이 이치쿠로에게 휴식을 권한 것도 무리는 아니었다. 20년 가까운 세월 동안 햇빛도 들지 않는 암벽 깊숙한 곳에 계속 앉아 있었기 때문일 것이다. 긴 시간 오래 앉아 있던 그의 두 다리는 상처를 입고 어느 틈엔가 자유자재로 펴고 굽힐 수가 없게 되었다. 그는 조금의 보행에도 지팡이를 의지해야만 했다.

게다가 오랫동안 어둠 속에 앉아서 햇빛을 보지 못한 탓이었을 것이다. 또 끊임없이 그에게 날아든 돌 파편이 그의 눈에 상처를 주었던 탓인지 그의 두 눈은 몽롱하여 빛을 잃고 사물의 형체도 분간할 수 없게 되었다.

아무리 의지가 굳건한 이치쿠로라고 해도 자기 몸에 닥쳐오는 노쇠를 아파하는 마음은 있었다. 몸과 마음에 대한 집착은 없었지만 도중에 쓰러진다는 것은 무엇보다 원통하다고 생각했기 때문이다.

"이제 2년만 참으면 된다."

하고 그는 마음속으로 외치며 몸의 노쇠를 잊으려는 듯 힘을 다해 망치를 휘둘렀다.

범접할 수 없는 대자연의 위엄을 보이며 이치쿠로 앞에 가로막고 서 있던 암벽은 어느새 쇠잔한 걸식 승려 한 사람의 팔에 의해 뚫리고 있었다. 또 그 가운데 파인 동굴은 생명 있는 사람처럼 그 길의 핵심을 관통하려 하고 있는 것이다.

4.

이치쿠로의 건강은 과도한 노동에 의해 애처롭게 상처를 입고 있었다. 하지만 그보다도 더 무서운 적이 그의 생명을 노리고 있었던 것이다.

이치쿠로 때문에 비명횡사한 나카가와 사부로베에는 가신에 의해 살해되었기 때문에 집안 단속을 잘못한 탓으로 자격을 박탈당했고 그 가문은 무너졌다.

그 때 세 살이었던 아들 지츠노스케는 친척 집에서 자라게 되었다.

지츠노스케는 열세 살이 되었을 때 처음으로 자기 아버지가 비명횡사했다는 사실을 알았다. 특히 상대가 대등한 무사가 아니라 자기 집에 고용 된 하인이라는 것을 알게 되자 소년의 마음은 원통한 분노로 불타올랐다.

그는 즉시 복수의 결의를 가슴 속 깊이 다짐했다.

그는 당장 무예를 배울 수 있는 야규(柳生)의 도장으로 들어갔다.

열아홉 살에 스승의 기예를 모두 전수 받게 되자 그는 즉시 복수의 길을 떠났다.

성공적으로 복수를 하고 돌아오면 가문을 다시 일으키는데 도와주겠다는 친척들의 격려를 받으면서……

지츠노스케는 익숙하지 않은 여행길에서 많은 고생을 겪으면서도 여러 지방을 돌아다니면서 오로지 원수인 이치쿠로의 소재를 찾아다녔다.

이치쿠로를 단 한 번도 본 적이 없는 지츠노스케에게는 마치 뜬 구름 잡는 것과 같은 막막한 수색이었다.

동으로 북으로 남으로 전국을 돌면서 그는 유랑의 여로의 해를 보내면서 스물일곱이 될 때까지 공허한 여행을 계속하고 있었다.

적에 대한 원한도 분노도 여행길의 고난으로 인해 사라지려고 하던 때도 자주 있었다. 하지만 비명횡사한 아버지의 원통함을 생각하며 또 나카가와 집안을 일으켜야 한다는 책임감을 생각하면 다시 복수의 뜻이 그를 흔들어 깨우는 것이었다.

에도를 떠나 온 지 9년째 되던 봄에 그는 후쿠오카(福岡)에 도착했다. 본토에서 헛되이 찾아다니다 변방인 규슈(九州)에서 찾아 볼 마음이 들었기 때문이다.

후쿠오카 성에서 나가츠(中津)성으로 옮긴 그는 2월 1일 우사하치만궁(宇佐八幡宮)에 참배하여 자신의 뜻이 하루라도 빨리 이루어지기를 기원했다.

지츠노스케는 참배를 끝내고 경내의 찻집에서 쉬었다. 그때 그의 옆의 농부 차림의 남자가 마침 그 자리에 있던 참배객에게,

"그 승려는 원래 에도에서 온 사람이래요. 젊었을 때 사람을 죽인 것을 참회하고 중생을 구원하는 큰 뜻을 품었는데, 지금 말한 히다에서 동굴을 뚫는 것도 오직 그 승려 혼자서 한 일인거지."

라고 말하는 것을 들었다.

그 이야기를 들은 지츠노스케는 9년 동안에 한 번도 느끼지 못한 흥미를 느꼈다. 그는 약간 초조해하면서,

"죄송한데 잠깐 말씀 좀 여쭤 봐도 될까요? 그 스님이라는 사람 나

이가 어느 정도입니까?"

하고 물었다.

그 남자는 자기 이야기가 무사의 흥미를 끈 것을 영광으로 생각했는지,

"아 나이요? 저는 그 스님을 본 적은 없지만 소문에 의하면 60에 가깝다고 하던데요"

"키는 큽니까? 작습니까?"

하고 지츠노스케는 다그쳐 물었다.

"그것도 명확하지는 않습니다. 어쨌든 동굴 깊은 곳에 있기 때문에 확실히는 모릅니다."

"그 사람의 본명은 뭐였는지 아시오?"

"그것도 전혀 모릅니다만, 에치고(越後)의 가시와자키(柏崎)에서 태어났고 젊었을 때 에도로 왔다고 하던데요."

하고 농부는 대답했다.

여기까지 들은 지츠노스케는 뛸 듯이 기뻤다.

그가 에도를 떠날 때 친척 중 한 사람이 원수는 에치고 가시와자키 출생이므로 고향으로 돌아갔을지도 모르니 에치고는 한층 더 꼼꼼히 찾아보라고 하는 주의를 받았었기 때문이다.

지츠노스케는 이것이야말로 우사하치만궁의 신의 계시라고 여겨 용기가 났다.

그는 노승의 이름과 야마쿠니 골짜기로 가는 길을 묻고 이미 오후 2시가 넘은 시간임에도 불구하고 필사적으로 두 다리에 힘을 실어 원수가 있는 곳으로 서둘러 갔다.

그날 저녁 초경(初更, 7시~9시 사이)무렵에 히다 마을에 도착한 지츠노스케는 곧바로 동굴로 가려고 하다가 서두르면 안 되겠다고 마음을 바꿨다.

그날 밤은 히다의 역참에서 초조한 하룻밤을 새우고 난 후 다음 날 빨리 일어나서 가볍게 옷을 입고 동굴로 갔다.

동굴 입구에 도착했을 때 그는 거기에서 돌 조각을 나르고 있는 한 석공에게 물었다.

"이 동굴 안에 료카이라는 스님이 있다던데 그게 틀림없는가?"

"당연히 계시죠. 료카이 스님은 이 동굴의 주인이나 다름없는 분이지요. 하하하"

하고 석공은 웃었다.

지츠노스케는 숙원을 이루게 될 날이 눈앞에 있다고 생각하자 기쁨이 솟아났다. 하지만 그는 허둥대서는 안 된다고 생각했다.

"그런데, 출입구는 여기 한 군데뿐이요?"

하고 물었다. 원수가 도망가면 안 된다고 생각했기 때문이다.

"그럼요 아는 대로죠. 저쪽으로 향하는 구멍을 뚫기 위해 료카이님이 참혹한 고생을 하고 있는 것이 아니겠소."

라고 석공이 대답하였다.

지츠노스케는 오랜 원수가 독 안에 든 쥐처럼 눈앞에 있다는 사실이 너무 기뻤다.

설령 그 밑에서 일하고 있는 석공이 몇 명 있더라도 번거롭지 않게 베어 버리겠다는 용기가 났다.

"당신에게 부탁이 있네. 료카이님을 만나고 싶어 멀리서 찾아온 사람이 있다고 전해 주시오."

하고 말했다.

석공이 동굴 안으로 들어간 후에 지츠노스케는 칼자루를 쥐었다.

그는 마음속으로 태어나 처음 만나는 원수의 용모를 상상해 보았다. 동굴 뚫기를 통솔하며 지휘하고 있다고 한다면 50은 넘었을 것인데 골격이 튼튼한 남자일 것이다. 특히 젊었을 때에는 병법에도 소홀함이 없었다고 하니 조금이라도 방심해서는 안 된다고 생각했다.

그런데 얼마 후 동굴에서 한 사람의 거지 중이 지츠노스케 앞으로 나왔다. 그것은 나왔다기 보다는 두꺼비처럼 기어 나왔다고 하는 편이 맞을 것이다.

그것은 인간이라고 하기 보다 오히려 인간의 잔해라고 해야 할 것 같았다. 살은 다 빠지고 뼈만 남았고 오랜 시간 앉아 있어서 견디지 못하고 다리의 관절 이하는 다 문드러졌다. 찢어진 법의를 보고 중이라는 것을 알 수 있지만 머리카락은 길게 자라서 주름투성이의 이마를 덮고 있었다.

노승은 회색빛의 눈을 깜빡거리면서 지츠노스케를 올려다보고는,

"늙어 눈이 쇠해져서 누구신지 분간 할 수가 없소이다."
하고 말했다.

극도로 긴장된 지츠노스케의 마음은 이 노승을 한눈에 본 순간 쩔쩔매고 말았다.

그는 마음속 깊은 곳에서 증오를 느낄 수 있는 악한 중의 모습을 기대하고 있었던 것이다.

그런데 그의 앞에는 인간인지 사체인지 분간 할 수 없는 거의 죽은 듯한 노승이 웅크리고 있는 것이다.

지츠노스케는 실망하기 시작한 자신의 마음을 격려하면서,

"그대가 료카이인가?" 하고 숨을 참으며 물었다.

"그렇소만은 당신은 누구시오?"

라고 노승은 의아해하면서 지츠노스케를 올려다보았다.

"료카이인지 뭔지 아무리 중으로 변장했어도 설마 잊지는 않았겠지? 네가 이치쿠로라고 하던 젊은 시절의 주인 나카가와 사부로베에를 죽이고 도망간 것을 기억할 것이다. 나는 사브로베에 외아들 지츠노스케라고 한다. 이제는 도망칠 생각을 버리고 각오해라."

라고 말하는 자츠노스케의 말은 어디까지나 침착했다.

그 말에는 한 발자국이라도 움직이면 용서하지 않겠다는 엄숙함이 있었다.

하지만 이치쿠로는 지츠노스케의 말을 듣고 조금도 놀라지 않았다.

"정말로 나카가와님의 아드님인 지츠노스케님이시군요. 제가 바로 아버님을 죽이고 도망한 료카이가 틀림없습니다"

라고 그는 말했다.

자신을 원수로 노리는 사람을 만났다기보다 옛 주인의 남겨진 아이를 만난 듯 친근함을 가지고 대답했다.

지츠노스케는 이치쿠로의 목소리에 속아서는 안 된다고 생각했다.

"주인을 죽이고 도망간 부도덕한 너를 죽이기 위해 10년이나 가까운 세월을 고통 속에서 보냈다. 이제 여기에서 만났으니 달아날 생각 말고 정정당당하게 승부를 가리자."

라고 말했다.

이치쿠로는 조금도 겁을 먹지 않았다.

이제 조금만 있으면 성취될 대업을 눈앞에 두고 죽는 것이 조금 슬펐지만, 그것도 자기가 저지른 악행의 업보라고 생각하니 그는 죽어야 마땅하다고 생각했다.

"지츠노스케님. 자 어서 베십시오. 듣고 오셨겠지만 이것은 료카이란 놈이 죄를 없애기 위해 굴을 판 동굴 문인데 19년이란 세월 동안 90프로까지 준공되었습니다. 이제 료카이 이 몸이 없어진다고 해도 시간이 지나면 완성 될 것입니다. 당신 손에 이 동굴 입구에 피를 흘려 희생제물이 된다면 이제 여한이 없습니다."

라고 말하면서 그는 보이지 않는 눈을 깜빡거렸다.

지츠노스케는 반쯤 죽은 이 노승을 만나보니 아버지의 원수에 대해 품고 있었던 증오가 어느새 사라지고 있다는 것을 깨달았다.

원수는 아버지를 죽인 죄를 참회하기 위해 온몸과 마음이 가루가 되도록 반평생을 괴로워하며 고생하고 있었다. 게다가 자기가 이름을 밝히자 순순히 목숨을 버리려고 하고 있는 것이다. 거의 죽어가는 노승의 목숨을 빼앗는 것이 무슨 복수이겠는가?

하고 지츠노스케는 생각했다.

그러나 이 원수를 죽이지 않는 한 수년간의 방랑 생활을 끝내고 에도로 돌아갈 수도 없었다. 더구나 가문을 일으킬 생각은 꿈도 못 꾸게 되는 것이다.

지츠노스케는 증오보다도 오히려 이 노승의 목숨을 단축시키는 것이 좋은 일인가? 하는 생각이 들었다.

하지만 격렬하게 불타오르는 증오를 느끼지 못하면서 인간을 죽인다는 것은 지츠노스케에게는 견딜 수 없는 일이었다.

그는 사라지려고 하는 증오의 마음을 되살리면서 죽일 보람도 없는 원수를 죽이려고 한 것이다.

그 때였다.

동굴 안에서 뛰어나온 대여섯 명의 석공이 이치쿠로의 위급한 상황을 보고 몸을 날려 그를 보호하면서,

"료카이님에게 무슨 짓을 하는 거요?"

하고 지츠노스케를 비난했다. 그들의 얼굴에는 상황에 따라 용서하지 않겠다는 기색이 역력히 보였다.

"사정이 있어서 이 원수인 노승을 찾아다니다 뜻밖에 오늘 만나게 되어 뜻을 이루고자 하는 것이니 방해 하면 그 누구도 용서하지 않겠소."

하고 지츠노스케는 단호히 말했다.

하지만 그러는 동안에 석공의 수는 늘어나고 행인들 중 여러 사람이 걸음을 멈추고 그들은 지츠노스케를 에워싸기 시작했다.

이치쿠로의 몸에 손가락 하나라도 건드리지 못하게 하겠다는 듯이 씩씩거리기 시작했다.

"원수를 죽이든 살리든 간에 그건 이 세상에 살아 있을 동안의 일이지 않소. 보시다시피 료카이님은 승려의 신분인데다가 이 야마쿠니 골짜기의 일곱 마을 사람들에게는 보살님으로 추앙 받는 분이란 말이오."

하고 그 중의 한 사람은 지츠노스케의 원수 갚는 일은 이루지 못할 희망인 것처럼 주장했다.

하지만 이렇게 주위 사람들로부터 방해를 받자 원수에 대한 지츠노스케의 분노는 어느새 되살아났다.

그는 무사의 체면을 생각해서라도 그냥 두고 떠날 수가 없었다.

"설령 스님이라고 해도 주인을 죽인 대죄는 면할 수 없소. 부모의 원수를 죽이는 것을 방해하는 자는 한 사람도 용서하지 않겠소."

하고 지츠노스케는 칼집에서 칼을 뽑았다.

지츠노스케를 둘러싼 군중들도 모두 같은 자세를 취했다.

그러자 그때 이치쿠로는 쉰 목소리로 소리 질렀다.

"모두 물러서시오. 나 료카이는 죽어 마땅한 이유가 있소. 이 동굴을 판 것도 오직 그 죄를 없애기 위한 것 아니겠소. 지금 이 효자의 손에 의해 이미 반 쯤 죽은 거나 마찬가지인 이 몸을 끝내는 것도 나 료카이의 바램이오. 모두들 부질없이 방해하지 마시오."

이렇게 말하면서 이치쿠로는 자신의 몸을 지츠노스케 옆으로 가까이 가려고 했다.

예전부터 이치쿠로의 강한 뜻을 알고 있던 주위 사람들은 그의 결심을 되돌릴 수 없다는 것을 알았다.

이치쿠로의 목숨은 여기에서 끝나는 건가? 하고 생각했다.

그때 석공 중 우두머리가 자츠노스케 앞으로 나오면서,

"무사께서도 들으셨겠지만 이 동굴을 뚫는 일은 료카이님의 일생일대의 숙원으로 20년 가까이 쓰라린 고통으로 몸과 마음이 부서지도록 고생 하고 있지 않습니까? 아무리 자기의 악업이라고는 하나 큰 소원성취를 눈앞에 두고 죽는다는 것이 얼마나 억울하겠습니까? 우리들이 바라는 소원은 그리 오래 걸리지도 않습니다. 이 동굴이 뚫릴 동안 료카이님의 목숨을 우리들에게 맡겨주시지 않겠습니까? 동굴이 뚫릴 때에 바로 료카이님을 마음대로 하십시오."

하고 그는 진심을 다해 애원했다.

군중들도 저마다,

"거절하지 마시고 들어주시오." 라고 찬성했다.

지츠노스케도 그렇게 말하니 그 애원을 들어 주지 않을 수가 없었다.

지금 여기에서 원수를 갚으려다 군중의 방해를 받아 실패 하는 것보다 동굴이 뚫리기를 기다려 준다면, 지금 스스로 죽겠다고 하는 이치쿠로가 의리로라도 분명히 자신의 목숨을 내 놓을 것이라고 느꼈기 때문이다.

또 그러한 계산을 하지 않아도 원수라고는 하지만 이 노승의 오랜 염원을 이루게 해 주는 것도 결코 불쾌한 일은 아니었다.

지츠노스케는 이치쿠로와 군중들을 보면서,

"료카이 스님이라는 신분을 보고 그 소원을 허락하겠소. 굳게 언약한 말은 잊지 마시오."

라고 말했다.

"염려하지 마시오. 작은 구멍 하나라도 저쪽까지 뚫리는 날에는 바로 그 자리에서 료카이 스님을 처치하시오. 그 때까지 편안히 이 근처에 머무르시오."

하고 석공 우두머리는 온화한 어조로 말했다.

이치쿠로는 분쟁이 무사히 해결되자 그로 인해 허비된 시간이 너무 아깝다는 듯 기다시피 하면서 동굴 안으로 들어갔다.

지츠노스케는 중요한 때에 생각지도 못한 방해꾼들이 들어와서 목적을 달성할 수 없었던 것을 분하게 생각했다.

그는 참을 수 없는 울분을 억누르면서 석공 한 사람의 안내를 받아 오두막으로 들어갔다.

혼자가 되어 생각하자 원수를 눈앞에 두고도 처리하지 못한 자신이 한심하기 그지없어서 견딜 수 없었다.

그의 마음은 어느새 초조한 분노로 가득 차 있었다. 그는 이제 동굴이 뚫리기만을 기다려 준다고 한 원수에 대한 관대한 마음을 완전히 상실하고 말았다.

그는 오늘 밤이라도 동굴 안으로 몰래 들어가서 이치쿠로를 죽이고 떠날 결심을 했다.

그러나 지츠노스케가 이치쿠로를 망보는 것처럼 석공들도 지츠노스케를 망보고 있었다.

처음 이틀 사흘을 생각 없는 듯 아무 하는 일 없이 보냈지만 5일째 되는 밤이었다.

지츠노스케가 아무 일도 하지 않자 석공들도 경계의 눈을 느슨하게 하고 새벽 2시쯤 되자 모두 잠이 들었다.

지츠노스케는 오늘 밤이야말로 하는 생각이 들었다.

그는 벌떡 일어나서 베개 밑의 칼을 빼어 들고 조용히 오두막 밖으로 나왔다.

그날은 초봄 달이 밝은 밤이었다.

야마쿠니 강물은 달빛 아래 소용돌이치며 흐르고 있었다. 하지만 주위 풍경에는 눈길도 주지 않고 지츠노스케는 발소리를 죽이면서 조용히 동굴 가까이 갔다. 깎여진 돌덩어리가 여기저기에 흩어져 있어 걸을 때마다 다리가 아팠다.

동굴 안은 입구에서 들어오는 달빛과 군데군데 뚫린 구멍으로부터 들어오는 달빛으로 이곳저곳이 하얗게 빛나고 있을 뿐이었다.

그는 좌우의 암벽을 손으로 더듬으면서 안으로 안으로 들어갔다.

그가 입구에서 30미터 가량 들어갔을 때, 문득 동굴 깊은 곳에서 간격을 두고 땅! 땅! 울리는 소리가 들렸다.

그는 처음에는 그 소리가 뭔지 몰랐다. 하지만 한 발 한 발 앞으로 나갈 때마다 그 소리는 점점 커져서 마침내는 동굴 안의 밤의 정적 속에서 메아리 칠 정도가 되었다.

그것은 분명히 암벽을 향해 내리치는 쇠망치 소리임에 틀림없었다.
　지츠노스케는 그 비장하고도 무시무시한 소리에 의해 자신의 가슴이 심하게 얻어맞는 것처럼 느껴졌다.
　구석으로 다가감에 따라 구슬을 깨는 듯한 날카로운 소리는 동굴의 주위에 메아리쳐 지츠노스케의 청각을 맹렬하게 엄습해왔던 것이다.
　그는 이 소리를 의지하면서 가까이 갔다.
　이 망치 소리의 주인이야말로 원수 료카이가 틀림없다고 생각했다. 몰래 칼집을 만지면서 숨죽이며 다가갔다.
　그때 문득 그는 망치 소리 나는 사이사이에 속삭이듯 신음하듯이 료카이가 불경을 외우는 소리가 들렸다.
　그 쉰 비장한 소리가 물을 끼얹듯이 지츠노스케의 마음에 와 닿았다.
　깊은 밤 사람은 가고 초목도 잠들어 있는 사이 오직 어둠 속에서 단정히 앉아 쇠망치를 휘두르고 있는 료카이의 모습이, 칠흑 같은 어둠 속에서도 지츠노스케의 심경에 생생하게 비쳐왔다.
　그것은 이제는 인간의 마음이 아니었다. 희노애락의 감정 위에서 단지 쇠망치를 휘두르고 있는 용맹스럽게 정진하는 보살의 마음이었다.
　지츠노스케는 꽉 잡은 칼자루가 어느새 느슨해지는 것을 느꼈다. 그는 문뜩 제정신이 들었다. 이미 불심을 얻어 중생을 위해 쇄신의 고통을 맛보고 있는 높은 뜻인 소망을 본 것이다.
　그런데 밤 깊은 어둠 속에서 노상강도나 짐승처럼 분노의 검을 빼며 으쓱하고 있는 자신을 돌아보니 강한 전율이 몸을 타고 흐르는 것처럼 느꼈다.
　동굴을 흔드는 그 힘찬 망치 소리와 비장한 염불 소리는 지츠노스케의 마음을 산산이 부숴버렸다.
　그는 미련 없이 동굴이 다 뚫릴 날을 기다리겠다는 약속을 지키기 위해서라도 기다릴 수밖에 없다고 생각했다.
　지츠노스케는 깊이 감격하면서 동굴 밖 달빛을 향해 동굴 밖으로 기어 나온 것이다.
　그런 일이 있은 후 얼마 지나지 않아 동굴 뚫는 공사에 참가한 석공들 중에는 무사 모습을 한 지츠노스케의 모습이 보였다.

그는 이제 노승을 몰래 죽이고 떠나려고 하는 험악한 마음은 조금도 가지고 있지 않았다.

료카이가 도망가서 숨으려고도 하지 않는 것을 알자 그는 호의를 가지고 료카이가 평생의 소원을 성취하는 날을 기다려 주리라고 생각했다.

하지만 그렇다고 해도 막연히 기다리기보다 자기도 이 대업에 조금이라도 힘을 보탬으로써 복수의 시간이 단축된다는 것을 깨닫게 되자 자츠노스케는 스스로 석공들에 섞여서 망치를 내리치기 시작한 것이었다.

원수와 원수가 서로 나란히 앉아 망치질을 했다.

지츠노스케는 복수할 날이 하루라도 빨리 오기를 바라며 열심히 망치를 내리쳤다.

료카이는 지츠노스케가 나타나고 나서는 하루라도 빨리 대업을 성취하여 효자의 소원을 이루어주어야겠다고 생각했을 것이다.

그는 더욱 더 정진의 용기를 내어 미친 사람처럼 암벽을 부수는 것이었다.

그러는 동안에 달이 가고 달이 왔다.

지츠노스케의 마음은 료카이의 큰 용맹심에 흔들려서 스스로 동굴 뚫기의 대업을 이루기 위해 도왔으며 이제 원수를 향한 분노는 잊고 있었다.

석공들이 낮의 피로를 풀고 있는 한밤중에도 원수와 원수는 서로 나란히 앉아 묵묵히 망치를 내리치고 있었다.

그것은 료카이가 히다의 동굴을 망치로 처음 내리친 후 21년째 되는 날이며, 지츠노스케가 료카이를 만난 지는 1년 6개월이 지난 1746년 9월 10일의 밤이었다.

그날 밤도 석공들은 모두 오두막으로 가고 료카이와 지츠노스케만이 온종일의 피로에도 아랑곳하지 않고 열심히 망치질을 하고 있었다.

그날 밤 자정이 가까울 무렵, 료카이가 힘을 주어 내리친 망치가 썩은 나무를 찍듯이 망치를 쥔 오른쪽 손바닥이 바위에 닿았다.

그는 "앗"하고 자기도 모르게 소리를 질렀다.

그때였다.

료카이의 몽롱한 노안에도 틀림없이 그의 망치에 부서진 작은 구멍으로부터 달빛에 비친 야마쿠니 강의 모습이 생생하게 비친 것이다.

료카이는 "오~~"하면서 온 몸을 떠는 듯 형용하기 어려운 고함을 질렀다.

그 다음에는 미쳤다고 생각할 만한 환희의 울음소리가 동굴 안을 끔찍하게 울렸던 것이다.

"지츠노스케님 보십시오. 21년의 큰 소원이 오늘 밤 성취되었습니다."

이렇게 말하면서 료카이는 지츠노스케의 손을 잡고 작은 구멍으로 보이는 야마쿠니 강을 보여주었다. 그 구멍 바로 아래에 검은 흙이 보이는 것은 강가로 연결되는 길이 틀림없었다.

원수와 원수가 그곳에서 손을 마주 잡고 환희의 눈물로 목이 메었던 것이다.

그러나 잠시 후 료카이는 몸을 빼고,

"자, 지츠노케님 약속의 날입니다. 저를 베십시오. 이러한 희열 속에서 왕생하면 극락정토에서 태어날 것이 틀림없습니다. 자 어서 베십시오. 내일이 되면 석공들이 방해 할 것입니다. 자, 어서 베십시오."

하고 그의 쉰 목소리가 동굴의 밤공기 속에서 울렸다.

그러나 지츠노스케는 료카이 앞에서 손을 내리고 앉은 채 목메어 울기만 할 뿐 이였다.

마음속 깊은 곳에서부터 솟아나는 환희로 울다 지친 노승의 얼굴을 보고 있으니 그를 원수로 죽인다는 생각 따위는 생각할 수도 없었다.

원수를 죽인다는 생각보다 이 연약한 인간의 두 팔에 의해 이루어진 위업에 대한 경이로움과 감격의 마음으로 가슴이 벅찼다.

그는 무릎으로 가까이 다가가서 다시 노승의 손을 잡았다.

두 사람은 그곳에서 모든 것을 잊고 서로 감격의 눈물을 흘릴 뿐이었다.

.